D1664911

Weil eine Welt mit Geschichten eine
bessere Welt ist.

Harald Wieser

"Als Jürgen ging" & andere Geschichten

Life is a story

schreib's auf
story.one

1. Auflage 2021
© Harald Wieser

Herstellung, Gestaltung und Konzeption:
Verlag story.one publishing - www.story.one
Eine Marke der Storylution GmbH

Gesetzt aus Crimson Text und Lato.
© Fotos: unsplash.com

Printed in the European Union.

ISBN: 978-3-99087-985-6

real, knallhart, sprachlich verknappt - als
ich zurückkam von draußen

INHALT

Innsbruck verblasst

Über den ungeschmückten Plätzen und fahlen Häuserzeilen, den gefrorenen Brunnen und dem Park der Hofburg, spannt sich düster ein Himmel von grauem Nebel und die Stadt liegt in einem Regendunst eines letzten hässlichen Novembertages. Kein Vogelgeschwätz oder heimlicher Jubel über allen Gassen. Auf den Plätzen summt kein amüsantes Treiben. Keine Reisenden schauen rechts und links in wahlloser Neugier an den Fassaden der Gebäude hinauf oder bevölkern die freien Treppen der Museen. Die meisten Fenster sind geschlossen, aus keinem dringt Musik auf die Straßen hinaus, weder Übungen auf dem Klavier, der Geige oder dem Violoncell, keine redliche und wohlgemeinte dilettantische Bemühung. Auch im Café Central bleibt der Flügel stumm. Keine jungen Leute, die das Schicksals-Motiv pfeifen und abends das große Haus im Landestheater füllen, wandern, literarische Zeitschriften in den Seitentaschen ihrer Jacketts, in der Universität aus und ein. Vor dem Ferdinandeum, das seine weißen Stufen auf die Museumsstraße hin ausbreitet, hält sich niemand auf. Nur rigides und hastiges Eilen in all den engen Gassen der Altstadt. Man ist nur von Erwerbsgier gehetzt und lebt keinem angenehmen Zweck. Keine jungen Künstler, jene unbesorgten Gesellen, die ihren Mietzins nur mit Farbenskizzen bezahlen, gehen spazieren, um diesen nebelgrauen Nachmittag auf ihre Stimmung wirken zu lassen. Phantasielos, bizarr, bloßgestellt, gibt sich die Stadt. Es ist einfach nicht mehr ergötzlich, vor den Auslagen der Kitschschreinereien für altmodische Luxusartikel zu verweilen. So wenig orchideenhafte Form, so wenig linearer Witz in der Gestalt aller Dinge! Nirgends sind kleine Skulptur- und Antiquitätenhandlungen verstreut, aus deren Schaufenstern dir die Bilder von Geburten diverser Götterfrauen voll einer edlen Pikanterie entgegenschauen. Dort oben am Südtirolerplatz, angesichts der großen Triumphpforte, vor der sich die enge Altstadt ausbreitet und geradeaus weiter zum Goldenen Dachl, drängt man sich um die schmalen Fenster und Schaukästen. Die Auslagen sind wahrlich keine Pracht! Reproduktionen von Dilettantenwerken aus den schlechtesten Kunststätten der Erde, eingefasst in billige, überornamentierte Rahmen in einer Geschmacklosigkeit von ungezierter Übertreibung. Abbildungen sinnbetrübender Phantasien, geschmacklose Bronzeleiber und pompöser

Ziertand; außerirdisch wirkende Vasen von plattem Stil, die aus einer Art Galvanisierung in einem eintönigen Metallmantel hervorgegangen sind; eingefasst in eine schmucklose und bäuerliche Prunklosigkeit.

Kein Mensch grüßt. Die Kunst blüht nicht, die Kunst ist erniedrigt, die Kunst streckt ihr dornengekröntes Haupt von der Stadt weg und weint. Ein allseitiges respektloses Lustigmachen an ihrem Verfall, eine allseitige, faule und achtlose Benützung der Unförmigkeit, des Unsinns, der Hässlichkeit obwaltet. Innsbruck verblasst.

Während du verschwindest

Es war letzte Nacht, als ich träumte, dass ich von dir träumte: Von einem Fenster der gegenüberliegenden Straßenseite aus, beobachte ich dich, wie du dich ausziehst. Du trägst einen violetten Sonnenuntergang eng geflochten um dein Haar, ein Rot umschließt deine ebenholzschwarzen Locken. Du bewegst dich in deinem Schlafzimmer, das getränkt ist von gelbem Licht. Die Luft ist schwer, orange und macht ein Einatmen schier unmöglich. Sie ist erfüllt mit Geräuschen. Eines davon ist das ferne Kläffen eines verletzten Hundes, das mir das Blut in den Adern gefrieren und die Härchen meiner Arme emporschießen lässt. Ich zucke zusammen und spüre Kälte an meinen nackten Füßen. Der Boden ist nass. Ich blicke mich um und entdecke einen undichten Wasserhahn, der sich unentwegt auf den Untergrund entleert. Laut, hallend, von einem Echo begleitet klatscht jeder einzelne Tropfen auf einen Steinboden. Das Haus, in dem du dich befindest, ist so weich und verblasst zugleich, eingetaucht in eine dunkle Sommerhitze. Plötzlich geht ein Licht an, eine Tür öffnet sich und eine gelbe Katze huscht heraus, auf den Hof, gefolgt von einem Strahl aus hellem Licht. Und während die Katze verschwindet, bleibt das Licht auf der Straße liegen. Es hat sich schlafen gelegt auf den Boden aus Asphalt. Leicht gewunden und gekrümmt liegt es da, wartend auf das, was kommen mag. Und während das Visuelle verschwimmt, nimmt ein anderer Sinn seine Arbeit auf. Ich ziehe die Luft durch die Nase ein und errieche die Gegend rund um uns und unsere Umgebung. Der schwache Geruch eines Kirschbaumes erfüllt die Luft. Man sieht ihn nicht, man riecht ihn bloß. Irgendwo muss er sein und er wird schwer zu tragen haben an seinen Früchten, die seine Äste bis zum Boden ziehen. Ich stelle mir tiefblaue Kirschen vor, die paarweise an ihren Stielen hängen und gewiss köstlich schmecken würden, aber dieser Sinn kommt nicht vor in meinem Traum. Die vom Geruch geprägte, einatmende Stille wird mit einem Mal zerrissen. Ich höre einen Champagnerkorken lachend in die Luft schießen. Du hältst die Flasche in der Hand und führst sie bedächtig an deine Lippen. Die goldene Flüssigkeit läuft prickelnd in deinen geöffneten Mund, während du dich drehst und trinkst und dich wieder drehst und wieder trinkst. Du trägst zwei lavendelfarbene Orchideen, eine in deinem Haar und eine um deine Hüften. Sie wachsen über deinem Arm zusammen und sind so eng mit dir verbunden, dass sie dich nicht stören in deinem Tanz. Der gelbe Lichtstreifen, den die Katze aus deinem Haus auf die Straße gezogen hat, erwacht, steht auf, trifft auf mich, zeitgleich und zusammen mit der Abenddämmerung. Der Schein umkreist einen See am Horizont mit einem langsam eintauchenden Glanz und ich höre ein Banjo Tango tanzen. Und du tanzt im Schatten einer schwarzen Pappel. Und ich beobachte dich während du verschwindest. Ich beobachte dich während du verschwindest. Während du verschwindest. Du verschwindest. Du verschwunden bist.

Als Jürgen ging

Als Jürgen ging, wurde es langsam hell. Und ich war heilfroh, nicht Jürgen zu sein. Ich hatte ihn eine Zeit lang beobachtet, mich sogar mit ihm unterhalten. Nur kurz, denn mit Jürgen war eine Unterhaltung schwierig. Ich sah ihn und fragte mich: Warum ist Jürgen da? Ihn direkt darauf anzusprechen, das traute ich mich nicht. Nicht weil Jürgen eine eindrucksvolle Erscheinung gewesen wäre. Im Gegenteil: Jürgen war unauffällig, eine graue Maus am Ende der Küchenzeile. Ich versuchte mit Jürgen ins Gespräch zu kommen. Seine Antworten waren höflich aber knapp. Jürgen musste ein Motiv haben hier zu sein, versuchte es aber zu vertuschen. Die Feier wurde ausgelassener, die Gäste betrunkener. Jürgen nippte an seinem Bier und beobachtete man ihn, hätte man sich des Eindrucks nicht erwehren können, dass er auf etwas wartete. Zu Beginn der Party, als Norbert, Julia und ich die einzigen waren, die bereits ziemlich einen im Tee hatten, war Jürgen noch nicht da. Er kam erst später und reagierte etwas befremdlich darauf, dass wir uns so gut amüsierten. Julia hatte uns nichts von Jürgen erzählt. Warum auch? Es waren mindestens noch 20 andere Gäste da, über die wir auch nichts wussten. Sozusagen waren da viele Jürgens, eben Gäste, die man vielleicht im Laufe des Abends kennenlernt oder auch nicht. Warum also hätte uns Julia gerade über Jürgen etwas erzählen sollen? Wie Norbert und ich hatte Jürgen einen Schlafsack im Gepäck. Alle drei waren wir mit einem Rucksack und einem Schlafsack angereist. Mit dem Unterschied, dass Norberts und mein Rucksack randvoll mit Alkohol gefüllt war, während Jürgens Gepäck zum Großteil aus Hoffnung bestand. Jürgen hätte, neben seiner ganzen Hoffnung, nur etwas mehr Selbstbewusstsein in seinem Rucksack haben müssen, dann hätte er sich den Schlafsack erspart. Gegen fünf Uhr morgens wurde ich müde und freute mich auf mein mitgebrachtes Utensil, das ich – wie Norbert und Jürgen – in Julias Zimmer abgelegt hatte. Wie sich herausstellte war es so geplant, dass wir a) eigentlich nicht schlafen sollten und b) wenn schon aufs Ohr hauen, dann alle in Julias Zimmer. Das mit dem Feiern ist so eine Sache, man nimmt es sich fest vor, aber der Alkohol fordert seine Opfer. So landete ich schlussendlich in meinem Schlafsack. Zusammengerollt unter dem Schreibtisch in Julias Zimmer. Als ich wenige Stunden später erwachte, bot sich mir ein grausamer Anblick: Ich lugte aus meinem Nest hervor und sah rauf zu Julias Bett. Julia lag tatsächlich drinnen oder sagen wir, sie kauerte am Rand ihres Bettes, als wolle sie ihr Bett nicht berühren, in ihren Klamotten. Der Grund dafür lag neben ihr: Norbert, nackt bis auf die Unterhose. Am Fußende des Bettes lag Jürgen. Unscheinbar, nach einer Nacht ohne Sinn. Beim nächsten Blinzeln stand Jürgen an Julias Bettende, wickelte seinen Schlafsack zusammen, lud ihn auf seinen Rucksack, blickte noch einmal zu Julia und ging. In der morgendlichen Stille der Wohnung hörte ich eine Tür leise ins Schloss klicken.

On the Mississippi

Ich sitze auf dem Steamboat und fahre den Mississippi entlang. Mark Twain fähr mit. Am Heck spielt eine Orgel, nicht gerade gut. Die Stimmung ist dennoch beeindruckend. Ich scheine der einzige Europäer an Deck zu sein und sitze straight ahead am Bug des Raddampfers. And I hear gentleman say "Were have you been at?" You look at the lake site of from this steamboat to this ancient quarter of New Orleans and I feel like him the South`s finest literary genius. Jazz is still waiting for saturday night. Links von mir, auch auf der Seite des Sees, gleich rechts von der alten Schnapsbrennerei, ragt eine Stars`n`strips-Flagge in den Himmel, darunter Bäume und eine hölzerne Kathedrale im Hintergrund – der Jackson Square. Graz fällt mir ein. Aber hier gehört er anscheinend wirklich hin, der "Jakomini-Platz". Streetcars fahren hier übrigens auch.

I am going to visit also the venerable Cathedral even if I am not religios, and that pretty square in front of it. The one dim with religiouse light, the other brilliant with the wordly sort, and lovely with orange trees and blossomy shruhls.

Then we drove in the hot sun throught the deep, deep Mississippi. General Andrew Jackson freute sich in den 1720ern über seinen Platz, der architektonisch einzigartig ist in den USA. Ich bin überrascht, wie schnell so ein Dampfboot fahren kann. Mark Twain zu lesen macht hier mehr Sinn, doch den French Market hat er noch belebt gesehen. Die Zeiten ändern sich auch hier. Ich schreibe lieber mit. Das Fotografieren überlasse ich jenen, die sich nicht in die Zeit des amerikanischen Bürgerkrieges versetzen können.

Der New-Buissnes-Building-Trackt down town bringt mich nun doch dazu ein Foto zu schießen. Aber hier passt es ja auch.

Trotz Cathrina und Gustav sind die New Orleanser noch stolz auf ihre Dämme. Pure Ironie. Viele Sonnenbrillen sind hier rosarot in diesem Land. Und Walt Disney würde sich freuen über die Menge an Mickey-Mäusen auf dem Steamboat.

Große Flüsse strahlen Ruhe aus. Ihr Dahinkriechen macht mich angenehm müde. Ich schaue auf den Mississippi und schlafe mit dem Gedanken ein, dass dieses ganze Wasser bald in den Golf von Mexiko fließen wird und in der

Hurikanzeit vielleicht wieder zurückkommt, dann aber weniger gemütlich. Doch den Menschen hier in Louisiana scheint das egal zu sein. Auch sie sind gelassen wie ihr Mississippi. Die rosarote Brille erleichtert dann doch einiges. Der Jazz, der Dixi-Sound tragen das ihre dazu bei. We already passed Port Hudson. The river is still running. There are Natchez, our river-steamboat, Mark Twain, Mickey Mouse and me.

To the state of Mississippi

I am sitting on the porch with mommy. Speaking about passed time, Catherina and stuff. Noch nie zuvor sah ich eine Frau, die so viel Ruhe ausstrahlte. Sie nannte mich Mister. In Louisiana nannte man mich noch Boy auf der Straße. Bin ich von dort in den Nachbarstaat Mississippi gewachsen?

Der Wirbelsturm hat hier damals am meisten gewütet. Über 20 Fuß (ca. 6 m) hoch stand das Wasser am Golf von Mexico. Mommy told me that. Then we went out to eat some crawfish. Wunderschöne Villen – alle neu gebaut – stehen am Straßenrand und blicken Richtung Cuba, warten drauf, was wohl kommen mag.

Die Straße zurück nach Louisiana ist breit. Der Straßenrand besteht aus toten oaktrees, mobilhomes oder Wasser. Die Straße nur ein aufgeschütteter Haufen inmitten des großen Elements.

Back to New Orleans. The look of the town was not altered. The dust, waste-paper-littered, was still deep in the streets; the deep through-like gutters alongside the cumb-stones were still half full of reposeful water with a dusty surface; the sidewalk were still – in the sugar and bacon region – incumbered by casks and barrels and hogsheads; the great blocks of austerely plain commercial houses were as dusty-looking as ever.

Im d.b.a-music-club spielt eine Band. Der Trompeter, eine Legende hier in der Stadt, zeigt mir gleich von Beginn an, wie er zu einer solchen geworden ist. Dass ich Bier trinke, sieht man nicht so gerne, ich sehe wohl zu jung dafür aus. Wenn die wüssten.

In der Pause kommt der japanische Gitarrist von der Bühne und schüttelt mir die Hand. Wir mögen es multicultural over here sagt er zu mir. Nach der Pause singt der Trompetenspieler politische Lieder. George W. Bush kommt nicht gut dabei weg.

Die Musik, der Trompetenspieler und seine kritischen Texte lassen mich gedanklich abschweifen. Ich sitze wieder mit mommy auf der Veranda ihres Hauses. Zwei weiße Schaukelstühle wippen im Wind, die anderen zwei wippen ebenfalls. Mommy und ich sitzen darauf und stoßen uns vom Boden ab, immer wieder. In der nahegelegenen NASA-Basis tut eine Rakete samt Raumfahrtscrew gerade Ähnliches. Good night America, good afternoon Louisiana, good morning New Orleans. Ich bin wieder im d.b.a-club. I am invited to a drink. This does occur now and then in New Orleans.

Stefan

Stefan war von Anfang an eher so der ruhige Typ. Man saß mit Stefan in der Gemeinschaftsküche und schwieg. Stefan lief gerne und er spielte gerne Fußball. Wir haben damals viel Party gemacht. Janosch war dabei und Andi, die kannten Stefan schon länger. „Der ist halt so", sagten sie immer. „Musst dir nichts dabei denken", sagten auch Georg und Chris, die anderen aus unserer Küche. Party gemacht hat Stefan nie so viel wie wir. Stefan hatte immer nasse Hände und aß gerne Teewurst. Nass waren seine Hände nicht vom Schweiß, sondern, weil er sie so oft gewaschen hat, ohne sie hinterher abzutrocknen. Jedenfalls haben wir damals ziemlich auf die Pauke gehauen. Erst später hat Georg mir alles geschrieben. Wie das noch war im Spätsommer, was so alles passiert ist, als ich schon längst wieder zu Hause war: Die Jungs sind an die Ostsee gefahren. Sie wollten ein paar Tage am Meer verbringen, bevor die Uni wieder losging. Sie hatten sich ein Haus gemietet, zu fünft war das ja gar nicht teuer. Stefan war mit dabei. So wie er eben immer dabei war. Unauffällig unscheinbar. Doch schon in der zweiten Nacht war Stefan seltsam. Sie saßen alle auf der Terrasse und Stefan wäre wohl die ganze Zeit über unruhig gewesen. Hätte plötzlich begonnen vor sich hin zu stammeln. Er habe alles falsch gemacht, auch das Studium. Er sei dann auf einmal in die Küche gerannt, hätte sich ein Messer geholt und aus dem Haus gestürmt. Janosch hinterher. Stefan wollte Janosch nichts tun, nur sich selbst. Janosch konnte Stefan irgendwie überwältigen und ihm das Messer abnehmen. Sie hätten einen Krankenwagen gerufen und Stefan einliefern lassen. Es würde schon alles wieder gut werden. Was dann passierte, das konnte ja keiner ahnen: Im Krankenhaus glaubten alle, Stefan wäre endlich zur Ruhe gekommen. Die Krankenschwester, die nach ihm sehen wollte, hatte das auch gedacht. Stefan hat sie völlig überrumpelt. Die Frau hatte keine Chance. Immer wieder hätte er gebrüllt, er habe alles falsch gemacht und das Studium könne er vergessen. Stefan stand nur wenige Prüfungen vor seinem Abschluss zum Wirtschaftsinformatiker. Er ist dann auf die Straße gelaufen und hätte ein Auto angehalten. Der schmächtige, sonst so schüchterne Stefan hatte den Fahrer aus seinem Wagen gezerrt, sich ans Steuer gesetzt und ist mit über 110 km/h gegen eine Wand gefahren. Wenn einer nicht mehr will, hatte die Schwester im Krankenhaus gesagt, dann entwickelt er übermenschliche Kräfte. Den kann keiner mehr stoppen. So war das auch bei Stefan. Erst jetzt, nachdem ich Georgs Brief gelesen hatte, begann ich nachzudenken. An den Wochenenden und Feiertagen ist Stefan nie nach Hause gefahren. Seine Eltern hatte er nie erwähnt. Mit keinem Wort. Häufiges Händewaschen ist ein Symptom, das bei Misshandelten öfters auftritt. Sie wollen sich damit reinwaschen. Stefan hat nie darüber geredet. Stefan hat sich selbst noch die Schuld an dem gegeben, was ihm angetan worden war. Stefan gibt es nicht mehr.

Rotlicht missachtet

Aalen. Obwohl die Ampel noch „rot" zeigte, bog am Mittwoch, gegen 19.00 Uhr, ein Fahrer mit seinem PKW von der Daimlerstraße in die B 29 ein und fuhr einem Lastzug in die Seite. Der Gesamtschaden an den beteiligten Fahrzeugen betrug rund 10.000 Euro.

Der Fahrer des PKWs steigt aus seinem Fahrzeug und steht dem fassungslosen LKW Fahrer gegenüber: „Ja! Endlich hat es wieder geklappt! Mach kaputt, was dich kaputt macht! Ja, ja, rufen Sie ruhig die Polizei, toben Sie nur weiter. Was haben Sie eigentlich? Ist doch nicht Ihr LKW. Gehört doch eh Ihrem Chef. Irgend so einer Kapitalistensau. Kenn ich doch, die Typen, diese scheiß Bonzen!" Gesinnungsgleich läuft der Kopf des Unfallverursachers farbig an, während er immer weiter in Rage gerät: „Scheiß Transitverkehr! Tomaten aus Marokko einfliegen lassen und die Tomatensauce teuer exportieren, ist zwar auch rot, stinkt aber zum Himmel! Und das ist nur ein Beispiel von vielen! Ich hingegen bin der wahre Unternehmer, denn ich unternehme wenigstens etwas dagegen. Ich stoppe den Import-Export-

Wahnsinn, dieses verdammte globale Massen-
marketing. Die Wirtschaft im eigenen Land
müssen wir ankurbeln, zusammen! Weg von
dieser unternehmensgeprägten Politik. Der Ar-
beiter ist der eigentliche Motor, nicht das Vor-
standsmitglied mit seinen Millionenbezügen, das
müssen Sie doch genauso sehen. Sie gehören
doch auch zur Arbeiterklasse. Ja, ist schon gut,
Sie halten mich also für einen kompletten Spin-
ner. Hauptsache der Dieselpreis ist günstig und
abends läuft irgendein verblödender Mist im
Fernsehen! Mir ist das doch egal. Da steh ich drü-
ber. Von wegen, ich würde mich daneben benehmen! Nicht nur bei Engels und Marx auch bei
Adorno haben Sie wohl in der Schule gefehlt! Daneben benehmen, wenn ich das schon höre! Seit
wann gibt es ein richtiges Benehmen im falschen
System? Schalten Sie zur Abwechslung mal Ihr
Köpfchen ein! Sie werden schon sehen, wer am
Ende lacht. Da fehlen Ihnen also die Worte, war
ja klar! Mundtot hat man Sie also schon gemacht!
Tragisch ist so etwas, daran sollten Sie unbedingt
etwas ändern! Denken Sie einmal nach vor den
nächsten Wahlen. Das Kreuz, das Sie dort machen, müssen wir alle tragen, also machen Sie es
gefälligst an der richtigen Stelle! Dann ändert sich
vielleicht mal was. Eine Revolution wird das,

sage ich Ihnen. „Rotlicht missachtet", so ein Blödsinn! Sagen Sie mal: wer von uns verachtet hier „rot" mehr? Für mich bedeutet „rot" noch was. „Rot" steht für Vormarsch. Auf Genossen! Vorwärts! Ich fahre immer nur bei „rot", na ja, bei „grün" auch. Für die Koalition, Sie verstehen?". So sieht er aus, der politisch motivierte Verkehrsunfall oder nennen wir es besser: Koalition auf der Straße.

„Hast du was verloren?"

„Kannst du dich eigentlich noch an deine erste große Liebe erinnern, Papa?" Meine Tochter stand in der Tür meines Arbeitszimmers. Sie war barfuß und trug einen blauen Schlafanzug. Erwartungsvoll schaute sie mich an. „Ich dachte, du wärst schon längst im Bett. Wie kommst du so spät am Abend noch auf die Idee, mich so etwas zu fragen?" „Na ja, ich habe das Buch fertig gelesen, das ich aus der Bücherei ausgeliehen hatte. Und die Liebesgeschichte endete ganz schön traurig. Da wollte ich mal wissen, wie es bei dir gewesen ist." Meine Gedanken wanderten weit zurück in meine Jugend. Es war, als ob sich ein nebliger Vorhang langsam hob und mir die Sicht auf Bilder freigab, aus einer Zeit, die viele Jahre hinter mir lagen. „Wie war das bei dir? Weißt du das noch?" Die ungeduldige Stimme meiner Tochter holte mich wieder zurück in mein Arbeitszimmer. Ich holte tief Luft. Ja, ich wusste es noch. „Alles begann auf einem Volksfest in einem Nachbardorf meiner Heimatgemeinde. Diese Feste waren immer alle gleich, die Leute, die dort waren, mit denen man sprach, waren immer dieselben. Nur sie kannte ich nicht, an diesem

Abend, und sie mich auch nicht. Ich war damals ein sehr schüchterner junger Mann und traute mich auch nicht sie anzusprechen. Ich stand nur so da, etwas abseits von meinen Freunden, und hielt mein Bierglas mit beiden Händen fest. Dabei starrte ich sie die ganze Zeit an. Sie spürte meinen Blick, hat sie mir später erzählt. Sie hat dann auch zu mir rübergeschaut und gelächelt. Ich lächelte zurück, vertiefte meine Nase dann aber doch wieder ganz schnell in mein Glas und als ich wieder aufblickte war sie weg. Panisch begann ich sie mit Blicken in der Menge zu suchen. Plötzlich zupfte sie mich am Ärmel. Sie hatte nämlich die ganze Zeit schon neben mir gestanden und ich hatte es nicht bemerkt. Sie lächelte und fragte, das weiß ich noch ganz genau: „Hast du was verloren?" Ich antwortete: „Nein, glücklicherweise nicht." Wir haben die ganze Nacht geredet. Irgendwann hat es zu regnen begonnen und wir hatten uns unter ein Vordach gestellt, das heißt, sie stand unter dem Vordach und ich mit dem Rücken im Regen. Mein Pulli war komplett durchnässt, aber das war mir egal. Es war einfach schön in ihrer Nähe zu sein.

Vier Jahre war es schön in ihrer Nähe zu sein. Dann haben wir begonnen uns aus den Augen zu verlieren. Ich bin aus meinem Heimatland weggezogen, wie du weißt. Sie wollte nicht mitkommen. Sie hatte Angst davor, alles zurückzulassen und das Leben einfach nur mit mir schön zu finden. So ist es oft mit der ersten großen Liebe. Würde man mich heute fragen, ob ich etwas verloren hätte, würde ich mit 'Ja' antworten: Zum einen meine erste große Liebe, aber auch die Angst davor, dass es die nur einmal gibt im Leben. Aber jetzt Abmarsch ins Bett."

Was war schon geschehen

Am Anfang, in den ersten paar Monaten, war kaum ein Tag vergangen, an dem sie nicht versucht hätte, ihn zu erreichen. Dann aber waren ihre Anrufe, Briefe, Kurzmitteilungen und E-Mails seltener geworden, ihre Tagesberichte waren ausgeblieben, und nun war anscheinend nur mehr er es, der mit ihr reden wollte. Ja, sie wusste, wie sie es anpacken konnte, mit anderen, immer waren alle auf sie zugeflogen, Männer wie Frauen. Auch er hatte sich ihrem Reiz nicht entziehen können, ich will dich, hatte sie gesagt, und er war ihr gefolgt, wo immer sie hinging. Wo sie nun wohl stecken mochte? Immer öfter, wenn er alleine war oder sich von ihr verletzt fühlte war er vor dem Haus stehen geblieben, und die Stille und die Kälte der Nacht hatten ihm wohlgetan. Da wurde er langsam ruhiger. Er hätte sie anbrüllen sollen, seine ganze plötzlich aus seinem Bauch heraufgeschossene Wut in den Telefonhörer brüllen, jetzt fielen ihm auch die Sätze ein, mit denen er sie hätte treffen können. Sie anschreien, ihr alles an den Kopf werfen, dann den Hörer in die Gabel schlagen ohne sie noch einmal zu Wort kommen zu lassen. Er malte sich aus, wie sie dagestanden hätte, den toten Hörer in der Hand, fassungslos; nur dieses Bild verschaffte ihm Erleichterung in seiner dumpfen Wut, so weit weg. Immer sagte er nur ja, ja, gesagt und so getan, als wäre alles in Ordnung. Als hätte er nicht hundertmal vergeblich versucht, sie zu erreichen, als hätte er ruhig schlafen können, die ganze Zeit, was hielt ihn daran zurück, seine Enttäuschung und die Wut in den Hörer zu schreien. Seine Liebe zu ihr war es, die in ihm gegen die Wut kämpfte und doch langsam zu verlieren schien, was sie einfach nicht zulassen durfte. Ach du bist es, hatte sie gesagt, sonst nichts, das waren ihre ersten Worte gewesen ja, losbrüllen hätte er müssen, wie jeder andere es auch getan hätte in seiner Situation. Aber auf einmal wusste er nicht mehr, was er ihr eigentlich sagen wollte; wie geht's, hatte sie gefragt, er kam ins Stottern, sagte belanglose Sätze, wie betäubt. Er hatte sich diesen Augenblick vollkommen anders vorgestellt. Nichts löste sich auf, alles blieb beim Alten, und je länger sie miteinander sprachen, desto mehr schwand seine Enttäuschung. Was war schon passiert, nichts. Wie er sie hasste, diese Selbstverständlichkeit, ihre und seine, hatte er nicht auch alles verharmlost, immer ging es ihm gut, immer kam er zurecht, ja, ja, hatte er gesagt, es geht. Als er aufwachte, war das Bett außer ihm leer. Er griff mit der Hand neben sich, doch da war es kalt. Wann mochte sie gegangen sein? Wohl im Traum schon. Er wälzte sich auf die kalte Seite des Bettes und versuchte ihren Duft zu finden, der musste doch hier irgendwo zu finden sein. So wollte er einschlafen, eingehüllt vom Duft ihres Körpers, den das Bettzeug hätte verströmen sollen, doch er konnte keinen Schlaf mehr finden. Doch als er sie dann sah, war die Ruhe wieder in seinen Körper zurückgekehrt. Ihr Blick, ihre Erscheinung. Was war schon geschehen.

Die Frau, die nicht kochen darf

Vor Kurzem saß ich mit einem Freund in einer Bar und wir haben uns über alles Mögliche unterhalten. Familie, Arbeit, Freunde, Politik, Umweltschutz und Sport – die Gesprächsthemen gehen uns beiden nie aus. Da machte mich mein Freund darauf aufmerksam, dass an der Eingangstür zum Lokal eine Rollstuhlfahrerin es scheinbar nicht schaffte, die Tür gleichzeitig offenzuhalten und selbst hindurchzufahren. Ich stand auf, ging hin und schob sie durch die Tür. Kurze Zeit später rollte sie an unseren Tisch und fragte mit sehr verwaschener Sprache, ob sie sich zu uns setzen dürfe. Wir hatten nichts dagegen und auch wenn das Gespräch mit ihr etwas holprig und mühsam vonstattenging, hatten wir schon bald einiges an gegenseitiger Information beisammen. Sie sagte, sie habe eine Krankheit, die ihre Organe, Nerven und damit auch die Muskulatur in Mitleidenschaft zöge. Das erklärte also ihre unruhigen, unkoordinierten, zappelnden Bewegungen sowie ihre Schwierigkeit, sich zu artikulieren. Mein Freund und ich waren also plötzlich mit einer Frau konfrontiert, die zwar geistreich, klug und witzig war, aber in einem Körper gefangen blieb, den sie nur bedingt unter Kontrolle hatte. In einer solchen Situation waren wir beide noch nie und ich gebe zu, dass es nicht einfach war. Vor allem machte ich mir Sorgen, ob ich mich ihr gegenüber auch korrekt verhalten würde. Das fragte ich die Frau auch direkt. Sie meinte, das wäre der Grund, weshalb sie gerne bei uns sitzen würde, da sie eben den Eindruck habe, wir würden sie wie einen ganz normalen Menschen behandeln und nicht wie eine körperlich und geistig beeinträchtigte Person. Viele Menschen, denen sie täglich begegnete, würden nämlich genau das denken, dass sie geistig behindert wäre. Das liegt an der Sprache, erwiderte ich und an den unkontrollierten Gesichtszügen, ergänzte sie. Auch im Lokal erntete unser seltsam anmutendes Grüppchen teilweise verständnislose Blicke. Zweifel las ich heraus. Warum geben sich die beiden Männer mit diesem armen Geschöpf ab, las ich in den Gesichtern mancher.

Sie erzählte uns, dass sie alleine lebe und ihren Alltag auch irgendwie bewältigen könne, dass sie gerne abends ausging und früher sehr sportlich war. Nur kochen, das dürfe sie mittlerweile gar

nicht mehr, zu groß wäre wohl die Verletzungs-
gefahr für sie selbst. Heißes Wasser, Messer – an
die ganzen Stolpersteine denkt man als gesunder
Mensch gar nicht. Alles kein Problem, für sie
schon.

Als ich ging, nahm mich der Kellner beiseite
und sagte mir: „Die …" (man kannte sie in dem
Lokal bereits beim Namen) „… hat durch euch
zwei heute sicher einen schönen Abend erlebt."
Denn oft saß sie wohl allein dort, gefangen in
sich, nur eingeschränkt fähig, mit der Umwelt in
Kontakt zu treten. Am Rand einer Gesellschaft,
die sie manchmal wohl bewusst ignoriert.

Ans Meer nach Italien

Als ich noch ein kleiner Junge war, fuhren wir im Sommer immer an die Adria. Es war ja auch nicht so weit weg von zu Hause. Meeresluft täte uns gut, hieß es. Wir Kinder freuten uns sehr darauf zur Adria zu fahren. Meistens fuhren wir nachts, da war es nicht zu heiß und eine Klimaanlage im Auto gab es damals noch nicht. Außerdem brachte uns mein Vater nur hin, er fuhr wieder zurück um zu arbeiten. Wir blieben jedoch für vierzehn Tage. In einem kleinen Hotel an der Adria.

Dieses Weg-Fahren, Ans-Meer-Fahren. Irgendwie klang das so exotisch in unseren kleinen, jungen Ohren. War ja auch klar, wenn man das ganze Jahr über zwischen Bergspitzen lebt, die acht von zwölf Monate lang weiß sind, denkt man eben nicht oft ans Meer, auch wenn es nur drei Autostunden entfernt ist; das Meer...

Meer, es kam immer näher, war immer mehr Meer. Ich sehe die A22 heute noch vor mir: zuerst Richtung Modena, vorbei am Gardasee, der für uns ja auch schon ein kleines Meer ist, vorbei an

Verona und bei Bologna nach links. Dort wurde es dann meistens so langsam hell. So bei Ravenna. Wir Kinder auf dem Rücksitz des alten Autos erwachten und begannen mit verschlafenen Augen zu quengeln „Sind wir bald da?" Je nachdem wie der Verkehr auf der Autobahn war, war dann auch die Laune des Vaters und folglich seine Antwort. War er gut gelaunt sagte er „Also ich sehe das Meer schon, weil ich vorne sitze." Und er lachte dabei verschmitzt in den Rückspiegel. Meine Schwester und ich gerieten dann meist in helle Aufruhr „Wo denn? Wo ist es denn?!", riefen wir aufgeregt und erwachten blitzartig, dann sprangen wir auf den Rücksitz auf und ab, bis meine Mutter uns bat, doch etwas ruhiger zu sein, es dauere nur noch eine halbe Stunde maximal eine Stunde bis wir da wären. Daraufhin schalt sie den Vater meistens ein wenig und fragte ihn, mit leicht vorwurfsvollem Unterton in der Stimme, warum er uns denn so necken müsse?

Irgendwie merkt man es bereits am Licht des Morgens, wenn das Meer da ist. Es ist dieser helle, leicht rötliche Schein der Sonne gepaart mit der warmen Luft. Der Radiosprecher, den ich damals erst teilweise verstand und der nie aufhörte zu plappern. Und dieser leicht salzige Geruch, die

Luft, die so schwer zu sein schien, im Gegensatz zur leichten Bergluft bei uns zu Hause. Das war für mich damals Italien. Das war für mich das Meer. Heute beginnt Italien für mich schon früher, wenn sich im Südtiroler Unterland so langsam der Baustil ändert, die Reben auch im Tal stehen und nicht nur auf den sonnigen Hängen, wenn die felsigen Berge in sanfte, bewaldete Hügel übergehen, dann beginnt Italien. Alles was danach noch folgte, als Kind an der Adria: die Zeit am Strand, im Wasser, im Restaurant und abends im Luna Park, auf der Strandpromenade und in den Sandlöchern neben der Strandliege meiner Mutter, das alles ist Italien. Meer war aber die Fahrt zur Adria.

Tour de France im Kopf

Magenverstimmung. Gelbes Trikot. Heulend am Straßenrand. Einstieg in den Besenwagen. Mit diesen Worten im Kopf wachte ich auf. Und die Sonne ist hervorgebrochen, draußen. Seelenruhe. Ich vergesse immer, wie abhängig davon alles ist. Durch irgendetwas Minimales ist sie plötzlich weg. Taumeln, Zappeln, Unglück, Panik. Und ich weiß nicht, wie es geht, dass sie wiederkommt. Diese Indirektheit der Realität von Konflikten, am sogenannten Arbeitsplatz, bei der Arbeit. Leider dauert es immer so lange, aus der Automatik des Argumentierens reinzukommen ins Schreiben und Arbeiten. Ab dann läuft alles ganz anders. Ich muss direkter werden, sagen, was ich mir denke. Nicht so devot dahinsiechen, fiel mir heute Morgen ein, als ich schweißgebadet aufwachte, um 05:30 Uhr. Und kriegte dadurch etwas Zuversicht, für die Arbeit. Mal gucken. Mit Ende zwanzig, ohne irgendetwas erlebt zu haben außer Uni, ohne irgendetwas Vernünftiges gelernt zu haben, in irgendeinen so prominenten Verein eintreten. Da aufwachsen, versauern und verblöden. Plötzlich ist man ein irreversibel erwachsener Mensch und hat doch noch nie für ir-

gendetwas Eigenes wirklich riskant Verantwor-
tung übernehmen müssen. Dadurch entstehen
Schäden am Geist, für den Schreibenden Zerstö-
rungen mitten im Herz der Produktivkraft seiner
Existenz. Gebrochen, kaputt, entkernt. Wieder
daheim und insgesamt so ein bisschen dumm im
Kopf. Anstrengend, weil ich nicht weiß, was ich
denken soll. Der Kopf kocht. Alles Böse hat im
Leben nichts zu suchen. Das klingt lächerlich und
ist natürlich Quatsch, aber es stimmt eben trotz-
dem irgendwie. Nur Absichtliches darf nie böse
sein. Wenn dann bricht das Böse irgendwie
durch, es überwältigt, ist überall und in allem, hat
nur Macht als diffuse Dämonie. Du sagst ja gar
nichts, meinte er. Ich konnte nichts sagen, weil
ich praktisch nicht mehr reden konnte. Ich wollte
ja auch gar nichts mehr sagen, ich wollte einfach
nur weitermachen. Letzte Vernunftreste in mir
wussten noch: nichts trotzig Eigensinniges jetzt
unternehmen. Sich treiben lassen, dort und von
denen, wo es einen eben so hingetrieben hat. Die
Stare sammeln sich schon. Wahrscheinlich hei-
ßen sie anders. Kleine schnittige Vögel, die als
schwirrende Wolke zwischen den Dächern die
Straße hinauf und hinunter pfeifen, immer wieder. Was machen sie da? Ist das ein Spiel? Schaut
unglaublich vergnügt aus. Und ich hier bei der

Arbeit, bei der ich mich gerade einmal so noch aus den Flammen retten konnte und nun auf natürliche Weise verwesen soll. Es gilt Entscheidungen zu treffen. Die muss man nicht immer in Worte fassen. Kann man, muss man aber nicht. Aber jetzt vertrauen wir einmal Jan Ulrich. Was soll er machen? Ich denke, das Beste ist, die Nerven behalten und seinen Rhythmus fahren. Die haben dort jetzt Regen und müssen radeln. Wir haben es gut: Schreibtisch, Büro und im sonnigen Salzburg plantschen die Kinder im Plastikpool.

Als dem Orchester das Licht ausging

Eingespielt hatten sich die Musiker gut. Ausgiebig haben sie ihre Instrumente gestimmt, Finger und Münder erwärmt. Das gehört zu jedem Konzert, das Einspielen, nachdem man schon Platz genommen hat und der Dirigent in die Gesichter geblickt hat. Es mag wohl ein streng prüfender, genau hinhörender Blick sein. Danach tritt Ruhe ein: Wenn das Stimmen der Instrumente verstummt, wenn der Dirigent den Halbkreis seiner Musiker zum Schweigen bringt, im Zaum hält vor dem Loslassen. Es begannen die Streicher. Einzelne Töne nur, kurze Bogenstriche, kindlich und schwer zugleich. Lange Pausen, in die Breite gezogene Töne über Takte hinweg. Zielsicher steuerte der Dirigent das Orchester aus dem ersten Satz in den zweiten, als es passierte: als dem Orchester mitten im Stück das Licht ausging. Einer Unaufmerksamkeit des Technikers in seiner Kabine geschuldet? Ein Zuseher, zu spät erschienen, gestolpert über ein Kabel, gelehnt an einen Schalter, seinen Sitzplatz nicht findend? Der Grund ändert an der Tatsache nichts. Dunkelheit, hervorgerufen wodurch auch immer, bleibt Dunkelheit an sich. Und die Dunkelheit ist grausam. Weniger für das Publikum als vielmehr für das Orchester. Zwar haben anderswo, in schwierigeren Situationen, schon Orchester gespielt und dieses hier, schwach, verweichlicht, böswillig gesagt zu verwöhnt, sei nur ohne Licht. Nicht so auf der Titanic, wo das Orchester im Schein des Feuers, auf dem untergehenden Schiff weitergespielt hatte, aber nicht ohne Licht, eben nicht ohne Licht. Das lässt sich also nicht vergleichen. Das Orchester, dem das Licht ausging, mitten im Stück, spielte im Dunkeln. Dunkelheit umgibt. Sie ist, analog zur Musik selbst, eine einhüllende Kraft, ein verschlingendes Etwas. So kam es zu einem elementaren Gefecht: Die Musik kämpfte gegen die Dunkelheit, das Geräusch gegen das stille Nichts. Manche mögen einen derartigen Kampf als ungleich bezeichnen. Andere hingegen räumen der Musik durchaus Chancen ein. Kennen sie als Urmutter aller Künste. Die Hoffnung stirbt zuletzt, aber das stimmt nicht, nicht für dieses Orchester. Die Hoffnung war schon tot, war gestorben, war umgebracht worden von der Erfahrung, dass ein erloschenes Licht so schnell nicht mehr angeht. Ein aus der Wand gerissenes Kabel, wer findet es im Dunkeln? Ein verstellter Hebel auf dem Mischpult des Technikers, wie soll er ihn sehen? Ein versehentlich gedrückter Schalter an der Wand, plötzlich entrückt, unauffindbar. Die Hoffnung schwand, jene des Publikums mit der des Dirigenten. Arm dran waren die Musiker: Verlassen, auf sich gestellt, darauf vertrauend, dass sie das Stück entweder gut einstudiert hatten oder dass das nahezu Unmögliche passierte, dass das Licht rechtzeitig wieder kommen möge, bevor die letzten einstudierten Takte gespielt sind. Verspielt sind. Aufgespielt sind. Als dem Orchester mitten im Stück das Licht ausging, spielte es tapfer weiter, bis schließlich auch ihr Mut erloschen war.

Die Weiße Goaß

Wenn die Sonne sie trifft, am späten Nachmittag, dann leuchtet sie weiß, sagte mein Großonkel und ich war mir sicher, dass aus ihm nur die Erinnerung sprach. Als er mir das erste Mal von der Weißen Goaß erzählte, war ich noch sehr jung und mein Großonkel fast blind. Von der Eingangstür seines kleinen Hofes blickte er dennoch in die richtige Richtung und zeigte mit dem Zeigefinger seiner rechten Hand auf die gegenüberliegende Bergkette, die die Talsohle um mindestens tausend Höhenmeter überragte. Von Onkel Tonis Hof wären es wohl nur zweihundert Höhenmeter gewesen, bis hoch zu den Gipfeln, aber es lag eben noch das Tal dazwischen, jenes hässliche, schmale Tal, das nur aus Autobahn, Fluss und Bahnlinie besteht, flankiert von den riesigen Betonschächten der Wildbachverbauung. Bevor es diese künstlichen Stahlbetonrinnen gegeben hat, haben die Wildbäche jährlich im Frühjahr Bäume und Schlamm talwärts getragen und dadurch mehrmals die Hauptverkehrslinien im Tal verlegt. Das ewige Aufbäumen der Natur gegen den Fortschritt war das gewesen, wusste mein Großonkel zu berichten, und ich merkte am Ton seiner Stimme, dass er die Wildbäche verstanden hatte und sie so liebte, wie sie einst waren. Nur der Goaß ist es egal, sprach er dann weiter, die leuchtet immer noch pünktlich, je nach Jahreszeit.

Jahre später interessierte ich mich mehr für das Bergsteigen. Und auch wenn meine Besuche beim Onkel Toni seltener wurden, hatten sich unsere Gesprächsthemen nicht geändert, nur, dass ich ihn jetzt häufiger mit Fragen löcherte. Wie oft warst du schon oben, fragte ich dann. Als ich noch jung war jedes Jahr, war die schlichte Antwort dieses ebenso schlichten alten Mannes. Mehr bedurfte es nicht zu sagen. Beide wussten wir sofort, dass wir von ihr sprachen. Ich will auch rauf, sagte ich dann immer, am besten sofort und mit dir. Ist der Aufstieg lang, fragte ich, muss man das letzte Stück vor dem Gipfel klettern, kommst du mit, wenn ich dich führe. Gern hätte er die letzte meiner Fragen mit Ja beantwortet, doch wir wussten beide, dass es nicht gehen würde. Geh du nur, sagte Onkel Toni dann, als würde er mir damit ein Geschenk machen. Als würde er sagen: Sie gehört jetzt dir, ich schenke sie dir. Du schaffst das leicht, in fünf Stunden bist du oben und winkst mir herüber.

Als man den mittlerweile weit über 80jährigen auf dem kleinen Friedhof neben der Dorfkirche zu Grabe trug, den Hof hatte er schon seit Jahren nicht bewirtschaftet, stieg ich zum ersten Mal hinauf zur Weißen Goaß. Und ich war mir dabei sicher, dass er mein Winken jetzt besser sehen konnte.

Harald Wieser

meine heimat wo ich mich zuhause fühle, mein vaterland
italien, mein wohnort salzburg, meine hautfarbe weiß, meine augen braun, mein mut verschieden, meine laune lau-
nisch, meine räusche richtig, meine ausdauer stark, ein
freund der fröhlichkeit, im grunde traurig, den menschen
gewogen, beim kartenspiel achtsam, im schach keine null,
ein verächter der obrigkeit, ein brechmittel der rechten, ein
juckpulver der linken, schüchtern am anfang, schneidig gegen morgen

schreib's auf
story.one

Viele Menschen haben einen großen Traum: zumindest einmal in ihrem Leben ein Buch zu veröffentlichen. Bisher konnten sich nur wenige Auserwählte diesen Traum erfüllen. Gerade einmal 1 Million publizierte Autoren gibt es derzeit auf der Welt - das sind 0,013% der Weltbevölkerung.

Wie publiziert man ein eigenes story.one Buch?

Alles, was benötigt wird, ist ein (kostenloser) Account auf story.one. Ein Buch besteht aus zumindest 15 Geschichten, die auf story.one veröffentlicht werden. Diese lassen sich anschließend mit ein paar Mausklicks zu einem Buch anordnen, das sodann bestellt werden kann. Jedes Buch erhält eine individuelle ISBN, über die es weltweit bestellbar ist.

Auch in dir steckt ein Buch.

Lass es uns gemeinsam rausholen. Jede lange Reise beginnt mit dem ersten Schritt - und jedes Buch mit der ersten Story.

#livetotell